夢中の夢《ゆめなかのゆめ》

大湯邦代

北冬舎

夢中の夢　ゆめなかのゆめ　目次

一

二

装丁＝大原信泉

夢中の夢

ゆめなかのゆめ

一

さくら葉隠れ

水見えぬ河川いくつを越えきたる何処につづく橋懸りなる

赤い魚丑三つ時も見開きて瑠璃色の嘘ポアンと吐ける

並みたてる超高層のビルを背に永代橋は真夜の青虹

ただ一路残る都電の荒川線スイカですいと世紀をすべる

よろず風読めず拒めず委ねえず何とて成さずひた生きいたる

太陽に潮の起伏が喰らいつくああけたたましき残照

たわやすく摑めそうなるα星鬼界ヶ島に寄せる荒波

高だかき護岸めぐらす神田川一条の水小躍りしつつ

葉隠れに鳥鳥の声幽界の誰か呼ぶとも時に鋭き

業平がはた家光がその由来沢にて小さき面影橋は

暮れ暮れをさらさらさらさら神田川面影橋はさくら葉隠れ

わが街は都の南西油面《あぶらめん》菜畑名残りの菜の花まつり

玻璃越しの陽に繁茂するアジアンタム山の手線のラインのみどり

夢ばかり

咲きました此岸のさくら水にさす一枝のさきのうすきくれない

春の夜の夢ばかりなるこれが影かたなきまでに踏みにじられよ

夢にさえ一枚の海はばたくに鷗やすます島影のなく

ながき尾の聖なるかも黒き猫閑かにしずかに目瞑りたり

五月晴れダーク・ワークは神のみが声も炎と騎馬戦の馬

草いきれ白きわたしが駆け出だす呼ばるるごとく五月の森へ

朱空へ一本の道通りたり追従難き細き後ろ手

きみに似し雲ゆるやかに流れゆく歩を合わせつつ汗みずくなる

一千枚模写し熱帯ぶコピー機よなべて斜めに文字排出す

浮かびくる何とてもなき六月の空青くして雲一つだに

埋める掘る四《よ》度《たび》いつたび共同溝　管かんカンが遺骸のごとく

おもてを藍に

待ち人の重さのような珈琲のホイップクリーム攪拌したり

後ろ手の冱《さむ》さ写せる大鏡風の逢瀬を告げる誰なし

風切羽五日の風をはや倦みし海の底ひにかえりゆかんか

鍬入れをおぼろむかしにショベルカー関東赤土家ごと捲る

一族の絶えし更地にあら草が己が己がと実を結び出ず

網目道曲がり曲がるに戻れないもう戻らないケイタイを捨つ

何がなし珈琲音痴がジャマイカを消したき時こそけざやかにして

叫び声サイレン半鐘夢にさえわれ斑毛《まだらけ》の脱兎であった

毛髪の筆のしずくに卯が一羽眼鼻もあらず　ただ真葛原

ひさかたの光の方へ誘わる両面コートのおもてを藍に

実生なるかくのこのみのついぞ生りかの酸っぱさが艶めき匂う

濡れ羽色競いさわぐも朝明けの杜の神樹の茂みのもなか

一消えた二、三消えた時化《しけ》空《ぞら》へ痛いの痛いの飛んでって　フッ

善悪のぬるき諸手を渓川の水に浸しぬ五秒持たざる

ときじくのかくのこのみを分かちたき月に対いていざ漕ぎいでむ

七夕は降りに降りたれ会わずして不老不死なるあなたを裡に

蛍が宿る

合歓《ねむ》のはな咲きけぶりたりみめぐりの誰ぞ彼ぞは永久に眠りぬ

蛍火とまじりうごかぬ一点は蛇の眼と闇忘れえず

空へ撒く水が七色千色なす彩のかなたにわれらがある日

むらさきの虫取菫たとうれば汚れちまったあの悲しみさ

夭折が憧れだった生きいきて汚れの塊になり果てにけり

山の路ふみ迷いたるあの日より睫のさきに蛍が宿る

琅玕の瀞むがごとき山の湖《うみ》風呼び雨呼び人呼びやまぬ

朝顔の藍さえざえと咲きつぐに想いいやますわが二十帖

赤《あか》橙《だいだい》黄《き》橙黄色《だいだいきいろ》黄緑《きみどり》褐色《かつしょく》の尖《さき》に艶めくペディキュアの青

サルビアも萎えちぢれたるこの暑さほそぼそよぎりのち何やある

愛《かな》しくあれば

現世《うつしよ》に薔薇なかりせば恋は死なむわたしも死なむ薔薇千里ゆく

幾ページ残る画帖かわがもてる絵具は美《は》しき色より褪せ来

チャコールの世の片隅に住みなさむ曙色のラブチャイルドと

形容詞尽くしてなおも及ばざり愛《かな》しくあれば心を寄せず

都電にて東京めぐり東京に生まれ育ちし東京知らず

籠に猪牙舟《ちょき》に通いつめたる御仁など川面閑けし吉原跡地

名前なく身寄りもとより儚きの果てのはたての終《つい》浄閑寺

さわさわと葉を擦る榎一里塚春へ春へと遡らむ

八月はうすどんよりと夢に来て母が炎中《ほなか》に地龍煎じる

どろどろ心

とめどなく星溢れ出ずわたくしの左脳細胞失せゆく疾さ

絹雨に苑黒みどり雉猫が似る子似ざる子ひきつれて消ゆ

宵祭り渋く鯔背《いなせ》な昔男《むかしお》の視線に刺さる　逸しがたきよ

極みまで撓めゆかんか夏祭り泣き面《めん》笑み面外して　鬼

夏真昼胡獱《とど》がまなこに命令す風の族《やから》に帰化しましょう

緑闇底ひも知れぬ渓川をでïぽでïぽ啼きわたる鳥

ほととぎす暁闇にその声の実に切なし　じつに実なし

くきやかに針穴《めど》見えて糸通し得ずあえても通したき一つなる

ウイスキー催眠剤のカクテルに一縷をつなぐどろどろ心

「試み」を変換したる心と身　身すくと立て風に対いて

青雲のはるか遥かな　漆喰に貽貝《いがい》のごとくわれはくっつき

狎れしともロシアンブルー物陰に爪を研ぐとき敵意を籠めよ

しばらく叛旗を

形見分け涙なみだのうからからの泪乾ぬまに阿弥陀籤《あみだ》がめぐる

庭の椎百年前から在ったと言うきのうの普通あしたの普通

灯あかりに針運びいきわが祖母は青き砂漠のひとこぶ駱駝

煌めいたことなどなかったボクたちの椎の根方がほら吹きだまり

この和毛《にこげ》われが生みしか病み瘦せし猫と共寝のきさらぎやよい

流れただ匂うのみなる乳白の闇にしばらく叛旗を巻かむ

岬への小道なだらか暮れぬまに青きかもめと会えるだろうか

うからみな猫語はなすに猫「ミミ」はついぞ人語に語らずじまい

青い星きしきし鳴いてばかりいる空を一枚剝がしてみよう

しごしろく

破《や》れ蓮の破《や》れ目がこぼす雨の粒暗き幽《くら》みに銀漢成さむ

狂熱射サラダチャンプル苦瓜に忍び凌ぎき　仲秋の月

秋もなか蟬が啼き初む啼きつのる夜半も一斉射撃やまざる

百本の薔薇おくられる水替えのいらない白き散薬を添え

ショーはねてまったりと夜マジシャンが消しそこねたる大熊小熊

鞦韆がときおりきしむ秋冬のはざまに軋む清しするどし

小苑の大丸時計もみじどき時を打ったり打たなかったり

戯れを遊びをともに友よいま遠つ世の空なに色ですか

西へ西へ動くともなきうろこ雲横斑みせて大鷹ゆるり

一人滅す更地三つ割りその一にたちまち咲けるオープン・ハウス

金切り声凍れる空へ鞦韆のたれかかれかかは眼鼻もわかぬ

しごしろくしししちしはしく九九そらに小子しちなんはっくをいつか

嫉妬憎悪ねむりのそこに死ぬともうその傲慢に蒴果《さくか》する罌粟《けし》

眼界なべて高層ビル傾けばあかがねの空したたりおちむ

水を呑む麒麟のように踏ん張って狭霧しまける底ひの虹を

フィヨルドの氷の一塊腑にあつく一世一差し扇をいまだ

末成《うらな》りの苦瓜もろに引き抜きて神無き月は邪光も容れむ

鳥のむれ余韻残さじ空の果て果ての果てまでいま真澄なる

生《あ》れたての木枯しのなか先端の芙蓉一花が遮二無二紅し

砂塵巻く街に出で来しすっぽりと面《おもて》を包み鈴鳴らしつつ

如月のひかりに孵化したような子の鼓動を胸に　のち会わずなり

顧みるわたしは場あたり半可通しかと青春したのだろうか

在ればこそ恋もうらみも満月の明日のあした弥のあさっては

桐の葉はなべて落ちたり星星の動きせわしき　地界はさらに

千代紙のむらさき襲《かさね》冴えざえときさらぎの雛　風化させまい

二

千花千灯

白木蓮今し真熾《まさか》り二〇一一年千花千灯ひた祈りなる

苔むせる幹を支柱に凭せ掛け桜咲きそむ蘖《ひこばえ》までも

桃海棠さくら咲きつぐ紫木蓮ほつほつ訃報相継ぎきたり

会いたくもあえなく暮れし雲あいに檸檬ぼかしの立待の月

青水泥《あおみどろ》はた藍水泥《あいみどろ》どろどろの夢の底ひを蒸し暑くする

霧雨にあじさいの碧よみがえる性善説を信じむ　多少

節電に大和しくらし暗ければみそかごとなどはかりごとなど

ひとすじになべて擲《なげう》ついきおいになだれ咲き噴くジャスミンの白

ガンバレのシュプレヒコール頑張れない天探女《あまのさぐめ》が傾きどこは

幾千万ひしめきあうも主の星は清《す》んだブルーが　闇さざら水

紫陽花は移りにけりないたずらに放射能《ほうしゃ》世に満つ見も叶わぬに

わたくしの其の二は疾うに紅の海底ふかく身を潜めおり

肉塊やわく香ばしき正餐に革命思う一人を思《も》う

クロノスのおよばぬ界に紫陽花は冱《こお》れるまでの青を湛えよ

潮の起伏

朱色《あけいろ》に熟せし月の影刻むあるかなきかの潮の起伏

たれか呼ぶ夜ごと虚空を駆けめぐりのち切り焼かる一対の脚

万華鏡むすんでひらいてめくるめく六角華麗な六道巷

空っぽもがら紡《ほう》なるもそれはそれ月に揺れいる風船蔓

ゴーグルに光さえぎる　本当はなにを守っているのだろうか

鬼あそび常鬼ボクが捕えたるたれもかれもがみなつむじ風

月の梯子

涼もとむ船の灯人声散り散りにそうしてやがて霧《む》になりました

首すじをつまみあげたりとうろりと仔猫とわたし溶かされてゆく

鋭《と》き爪にわたしを登る幼猫《おさなねこ》抱きしめ下ろす登り来《く》剝がす

青若きえのころ草が一陣にウェーブ起こすのちは向き向き

夏まひる蟬を聞きおり先駆けてゆきしあなたの声と聞くまで

成しえざることのもろもろ褐色《かちいろ》の闇に蟬らが啼きたてやまぬ

おおしつくつくつくにいにいみんみんにひぐらし炎紅《えんく》の時が尽く

天高しセ氏35定型に納めきれない蟬たちのこえ

アポロンへ弓引き絞る影猛し夢の夢なれ羅をひるがえす

光一《ぴかいち》の場を占め猫が眠りこくあられもなきの証のように

かき氷クーラー九月の涼み船アンドロメダにひた寄せられて

おぼつかない危ういなどは馴れの慣れ在りたるままに月の梯子を

ヴァーチャル・ウォー

白銀のスプーン二本並べられ四海の潮溢れむばかり

悲しみの彩《いろ》さえ知らぬ悲しみに石化するまで葉月の陽射し

ひそやかに虫取すみれ培うに恋の明度を問うことなかれ

静かなる脈に滴・滴・すみれ粒　敵沢なるはさきわいならむ

向きあえるパティオの三時手際よくキリマンジャロにハート画かる

何ひとつ片付けられないごたごたの駄目の元より花火を上げよ

鈍色の空を嵌めこむ水たまり鵺《ぬえ》のわたしが嗤ってないか

となり家の人声とだえ久しかる静かにひらく夕顔の花

子ら寄りて指先に繰るバーチャル・ウォー人を消したり星を消したり

「お砂場は終了しました」網の上にいまさしのぼるこの月の月

トンネルを出るや間なくもトンネルへ先は鈍行のみなりしとう

見詰めればほんにいびつな林檎なる芯の心まで明らかにせむ

とめどなく渚に名を書く悲しみをかなしむ青さ忘れさりたり

紙人形

シャボン玉群がり虚《そら》へ一篇のはるかなる夏新紫《にいむらさき》に

半照りの虚をゆるがす大風に後《おく》れ先立つ口一文字

雨ばれの伊吹稜線もことして淡紅色のひかりのもなか

太白星近くて遥かこの一身一世煙りてけむたく在らむ

禁断の木の実鈴生る夢広野飼いならされし百千の獣

きみはいま穹《そら》となりゆくひとすじの煙も見えず夕鳥の声

目鼻なきかんかんかみの紙人形きみを恋い来し恋を恋い来し

貴舟菊やつれかつれの花を秀《ほ》に錆びしむらさき身の芯の熱

遠おぼろ色

スラロームポール一本外したるコースアウトのKはわたくし

始まりが欺瞞なるとも水を切るきみが側線まことに美しき

石畳日溜り　そうだ輝江さんたんぽぽ色に笑ってたっけ

くれないは遠おぼろ色無彩色無位無冠なるわが底の色

的いまだ絞りきれざる明星のまぢかに細し極月の月

一対の脚進み倦まざる夜ごとに空を駆けずりのち切り焼かる

視野はるか横断禁止路まむかいに手招きしているはずなどはなき

阿茶羅漬浅漬茶漬一夜漬限りの付けを想いの外に

爪ほどのそやしに揚がる奴凧のぼれのぼれ雲の幾重を

懸詞かけことばとて夜の更けあだし言葉のつらなりに果つ

天帝の一瞥もなく夕暮れて残肴と散る浅春の雲

プルシアンブルーに

森田松江の画に添えて

たおやかな首をさしのべ妹は振りかざされし鉄槌を待つ
肉感を殺ぎたし駆ける少年の青さに葉月の穹を翔《かけ》たし
死ののちはオランダ海芋《かいう》と呼ぶなかれ手繰りよせるに遠きアフリカ
傷心は同じく面《おも》は向き向きに笑い咲《わら》おう　乙子《おとご》昇天
風に聴くナイルの流れ焦がれつつプルシアンブルーに溶かされてゆく

「向き向きに」　森田松江　画

時くれば花

野放図に枝ひろげたる白もくれん三寒四温の温に咲きそむ

遅しとも疾しともわたくし白木蓮今年二十《はたち》とあいなりました

仏の座あるいはホトケノツヅレとも唇形の花のむらさき

垣通し踊り子草がささいなる空地を占めて時くれば花

白木蓮大樹つぶさに闌けて夜半黄泉軍《よもついくさ》か息殺しいる

桜咲く桜さくらのささめきに耳敧てるせつな突風

咲き満つる桜のかぎり界《よ》の限り墨絵ぼかしに雨降りつづく

真熾りの桜映してゆく水のその暗暗を見尽くしてみよ

一人の在りて輝う神楽良《ささら》なるふうわりひとひらふたひらの葩《はな》

いくたびのスイッチバック神楽良《ささら》まだ春のしずくに霓《にじ》立たしめむ

ダイアナの秘め子落とし子蒲公英の綿毛あしたへ飛ばしてみよう

雨あがり己がおのがと蕺草《どくだみ》がクロスをかかげ地を占めて在り

踊子草段だんだんとのぼり咲く薄むらさきの唇あつし

十薬を摘みし諸の手幾万遍洗い清めば罪過が消える

大椎の根方幽暗あざあざとエビネ幾房黄色く灯る

夢中の夢

五月闇さかる嵯峨野の紅そうび棘なかりせば想いわたらむ

日蝕を裸眼でしかと抱きたるわれはとことわ瞽《めしい》にあらむ

午前九時　日蝕眼鏡散らばれる塵の山の上五・六・七・八

一位楡山椒椎の樹五葉松五月四日は初子生まれ日

大賀蓮《おおがはす》水無月三日初に咲く清と艶との半ば紅

一どきに三種の神器壊れたり夏至のひかりに手をかざし見る

包丁のテンポあげねば鍋滾るおだあげている襖のむこう

汝《な》がためのスープスパイスまぜごぜに指の先より妖婆とならむ

わが夢を喰らう黒きが迫り来になおも夢求《と》む夢中《ゆめなか》の夢《ゆめ》

雷《らい》風雨迫ってくるに弾む談コーヒーゼリー甘すぎかしら

「暑い」ほか言葉喪失赤赤きアンスリュウムを視界の外へ

向日葵の種が弾ける弾けつぐ　流れていった季《とき》の数かず

蟬　究酷劇極最際大猛あからひく膚いちまい剝ごう

サッカーの靴並み乾さる中天にロングシュートに決めた球

きれぎれの夢

止めたきは今しこの刻朝明けの朱に浮かべる東京タワー

灯点せる東京タワー焼却炉ガーデンプレイス見下ろしの路

スカイツリー業平を弑《し》いて天上へわれらただいま雲のうえ人

善し悪しの仕《し》訳《わけ》うやむやわが吹ける一本調子の澱の葦笛

きれぎれの夢のそれぞれいつだって真青な海と真っ赤なカンナ

晩夏光薄物越しにセザンヌの林檎うっすら紅に染む

さらさららピンクの砂がさららさら　三分間でわたしを消して

唱うれば疾く遠空へ眼閉じ寿限無じゅげむデビデバビデブ

黒衣倦むまでに纏い来終衣《ついごろも》プルシアンブルー奏でるように

手ずからの餌をむさぼれる鴨の群欲らぬ一羽が真の鴨なる

底ひなる幾多の魂の叫びさえただ滔滔と瀑布は皎《しろ》し

夜の戸を風が叩ける誘える海神の声囁きとして

夕凪の海見晴らしのカクテルが海よりはるかに美《は》しき青なる

海と空交わる方へ行きゆくに隔て変わらず　杳《はる》かなる朱夏

母にして母失格のわれかとも海よまるごとわれを抱けよ

息をするただそれのみの生なればたれかいっきにわたくしを絶て

三

いずこに堕ちむ

冬の陽が窓辺に温《ぬく》し温とさにとうろり在ればいずこに堕ちむ

生《よ》をかけて海倦むなきと言い切らむ真闇に潮のにおい流れ来

呼ぶに来ず呼ばぬに擦り来し雉猫のざらざら舌に舐められており

空っ風極太生成《きな》りのプルオーバーに総身包みて風の幼子

眠りしまま突如座りてパッタリと方位変える子　攫われるかも

天つ国に待つとうあなた眩しさを削いだ太陽薄《すすき》の海へ

白銀も黄金も凡庸隕石の破片ネットで求めてみよう

からからのまいまいつぶりまいつぶり蛻《もぬけ》の殻が枯葉に縋る

舐《ねぶ》り箸銜《くわ》え寄せ箸迷い箸　迷いの闇に討たれ果つるか

神様はかまわぬ仏は放っとけが亡父《ちち》の口癖成るものは成る

花を見て逢いみて一献更に献果てのはてまで酔い痴れてこそ

爛漫の芯

駄目元の一石投じ風まかせ山茶花の花降りつぎやまぬ

暗闇を煽り荒ぶる風の音早《はよ》寝ろばってんおろろんばい

蹲踞《つくばい》にいくたび歌口湿しつつうぐいす未だ笹啼きさえも

しつけ糸抜きつつ着物を日替わりに京都をめぐる約束だった

春告鳥啼かずば如何に　一人の限りかぎりが逼《せま》ってる

急くなかれさりとて遅れることなかれ忘れっぽいこと忘れるなかれ

友禅に小紋結城や大島がふかぶか眠る樟が匂える

白根葵わがベランダに初に咲く一属一種湖の彩

くぐもれる声がささやく総身を耳としたたずむ爛漫の芯

夕と夜のあわい流れるさくら川桜小枝がするする伸び来

煽《あお》ち風根こそぎ攫いゆくがよしあしたは新たな初めの一歩

大毛蓼辛蓼真蓼さくら蓼犬蓼とても一寸の紅

経文《きょうもん》乃《の》珍紛漢紛《ちんぷんかんぷん》桜《はな》日和《びより》僧侶《そうりょ》波《は》美声《びせい》美男《びなん》仁《に》御座《おわ》寿《す》

明日があるあしたこそはと見はるかす千波万波のかなたの没陽

白妙の壺

堅香子《かたかご》の花のお浸しつんもりと割山椒《わりざんしょう》にわれらが死語忌

遠つ国より薄紅の素娥見えますか「依依」広辞苑五版にあらず

風冱《かぜさむ》し亡母《はは》が手機に織りあげき布のごわごわ総身に巻く

白根山訪《おとな》いたるは幾むかし思う白根は霧巻くばかり

遠眼鏡かなり精度がよろしくて青く小さなあなたの星を

さくら恋いさくら求《と》めつつ踏みいりし桜源郷《おうげんきよう》にきみと千年

真《ま》熾《さか》りのさくら並木を現世を墨絵ぼかしに雨降りつつむ

「きれいだよ宮古の海は」鮮烈に残りいたるに俤たたず

桜のとき終る間なくも土手を占め憂い含まぬ躑躅の紅が

さようなら札幌さよなら旅の終《つい》中央図書館に珈琲を

涙否しみる香煙終焉を納めきれない白妙の壺

会いたきはなべて遠かる七月七日降れば想いのなお深まらん

一葉の戦《そよ》ぎも見せず椎大樹セ氏27度昼閑《のど》かなる

椎の樹に夕暮れ迫るデデッポッポ・デデッポデデッポ応えるは無し

夢一切

鳥おろか蟬も声なし灼光が待ち受け画面の仔猫を消しぬ

人は武士花は桜樹その下に散らばる蟬のおびただしきよ

一頭の揚羽入りきて家なかの高処を舞い舞う息絶えるまで

サシスセソ届かなければしっかりと巣をめぐらせる朝《あした》の蜘蛛は

オジギソウ触れなば双葉もお辞儀する礼を解くまで胡蝶の夢を

眠剤は夢一切を容れるなきうつつ夢なれ地震《なゐ》夢にあれ

少しだけ少しなればと外し来し羽目が積もれるわれ霜髪と

千分の一でもあなたの火が欲しいキリマンジャロの雪を語れる

会えば即車駆りいで芦ノ湖へきみはマッハで逝ってしまえり

中天の月皓《こう》として海に射す願いを一つ聞いてください

火の花が重なり開き散りぢりに空へ空へとアクセルを踏む

花火果てしのちの幽みに佇めば幾重の闇が総身を圧す

思ほえば呼吸同じく生きていた天つ国にて邂逅のあれ

八月永訣

一声が騒立ちとなり黎明を椎の葉叢に鳥ひとしきり

高窓を開くや素早く空を切り若き雌猫の幾夜帰らず

斑葉のハンゲショウを永くながく化粧がもとと思っていた

美《うま》し酒過ごすともなし月の帰路一歩一歩のおぼつかなさよ

凡庸に憂い覚えず晴れわたる八月九日茅蜩《ひぐらし》を聞く

輝きてあふれむばかりの空の青底ひの色をわが思いとす

八月は寒さいや増すいずこより降りつぎやまぬ白き花びら

雉猫の捕食の惨も見過ごせる己が深淵測りがたしも

オキザリス七月に株を分け合った八月永訣　花の薄色

倦むまでに黒を纏い来終衣プルシアンブルー奏でるように

翳り濃し椎の大樹に四羽五羽啼き交わしつつ鳥戻りくる

晩夏光戻り叶わぬ幼日の蟬丸坊主のドンにてありき

萎みしが咲《わら》いそめしが入り混じる午前三時の夕顔の垣

髪飾り

わたつみへ一気に傾《なだ》る坂の夕三輪四輪十月桜

突として冬の底ひに鰻食む茂吉が浮かぶ茂吉は嫌い

歳晩のそら薄縹《うすはなだ》なにひとつ成せず痴れえず鐘百八つ

包丁の青光るまで研ぎすまし生身が膾《なます》の大根を切る

剣龍の背中のような髪飾り雪野しずかに泳ぎゆきたり

踊れよと誘いやまぬ一管が　凍れる闇に耳ただよわす

カ変サ変活用うまくできないの身の上話はこれきりにして

モウヤメロ随《ッ》イテクルナヨイツノ日カ影ヨオマエヲ喰ッテシマウゾ

希望

キー坊と呼ばれていたっけおぼろなる父が在りし日在るときは

キー坊は希望のことであったのか海の底ひの父に問いたし

輸送船ゆきて還らず一片の骨なく白木の箱届きしと

赤朽葉花葉唐棣葉《はねずば》ころがれるだんだら坂の先の海境

打付けにアイツは海を置いてった水平線を失くした海を

きみ死なば突きつめいたる闇の外に海色染めて新島生ると

延命は否と記さむ星原を英姿颯爽わがテンポイント

元競馬《もとけいば》場駒場鷹番馬喰坂馬畔《めぐろ》が目黒と　人参祭り

花を見て一献などはご法度ぞ目黒川《めぐろ》のさくらしずこころなく

波まかせ抜き抜かれつつ当たりつつ桜去りたるのちの魚群

川の面を埋め尽くして花筏なべてゆうらりゆうらりゆらり

花筏ながれながれて吸われゆく彼方すでにし砂色の暮れ

あとがき

生を得てより長い歳月が流れました。その途次で短歌を始め、そして歌の師藤田武との出会いにより、私の人生はどれほど豊かになったことでしょうか。己が作品の出来はとまれ、歌を自由奔放に詠みつづけての日々は本当に幸せでした。

藤田先生は、私がこの第五歌集を準備するにあたり、折にふれて激励の言葉を掛けてくださいました。

しかし、その先生が今年（二〇一四年）の一月十二日に急逝なさってしまったのです。いかにしても拭いようのない無念と寂寥感、普通の状態でも困難な歌集の編集でありますのに、何も手につかなくなりました。困り果てて、所属しています現代短歌「舟の会」の会長・依田仁美氏に相談いたしましたところ、縁あって北冬舎にお世話いただくことになりました。依田仁美氏に御礼申し上げます。

北冬舎の柳下和久氏はとてもきめ細やかなお心配りをもって、編集に御尽力くださいました。また、素敵な装丁をしてくださった大原信泉氏、丁寧に校正をしてくださった尾澤孝氏、みなさんに心より御礼申し上げます。

藤田　武

鬼と発てひとよひとひら月光をふかぶかと浴びそれからのこと

歌集上梓は新たな出発と思います。

藤田先生より、先の歌集『すみれ食む』出版の折に頂戴いたしました一首を、わが作歌の指針とし、鈍り増しゆく五感を鞭打ち、五句三十一音の世界に命の限り愉しみ苦しみ遊び続けていきたいと念じております。

全ての縁が有り難く、深謝しつつ。

二〇一四年十月二十六日

大湯邦代

本書収録の作品は、２００９年（平成21年）－２０１４年（平成26年）に制作された短歌３０４首です。本書は著者の第五歌集になります。

著者略歴

大湯邦代《おおゆくによ》

1939年（昭和14年）4月、東京生まれ。75年、「窓日」短歌会に入会、秋葉貴子に師事。78年9月、合同歌集「山帰来」を会員12名と発刊、以後3年ごとに4号まで発行する。88年、藤田武を講師に、向笠文子を中心とする超結社の短歌研究グループ「夢座」に参加。91年11月、「窓日」退会、12月、「潮音」に入会。93年12月、「舟」に入会、99年「潮音」新人賞受賞。現在に至る。歌集に、『真紅に尽きず』（93年、雁書館）、『玻璃の伽藍』（97年、雁書館）、『モビールの魚』（2004年、美研インターナショナル）、『すみれ食む』（09年、ながらみ書房）がある。

住所＝〒153-0063東京都目黒区目黒4-21-21

夢中《ゆめなか》の夢《ゆめ》

2015年1月15日　初版印刷
2015年1月25日　初版発行

著者
大湯邦代

発行人
柳下和久

発行所
北冬舎
〒101-0062東京都千代田区神田駿河台1-5-6-408
電話・FAX　03-3292-0350
振替口座　00130-7-74750
http://hokutousya.jimdo.com/

印刷・製本　株式会社シナノ

ISBN978-4-903792-52-1 C0092